KB073395

김소월 시집

진달래꽃

일러두기

- 이 시집은 『진달래꽃』과 『소월시초』의 수록 시, 기타 문예지 발표 시 등을 엮었습니다.
- 현대 국어에서 사어가 된 자모를 제외하고 초판본 표기를 기본으로 하였습니다. 단, 두음법칙을 적용하였으며, 연철로 표기된 경우는 풀어 적었습니다.
- 한자로 표기한 시어는 한글로 옮겨 적었으며, 필요한 경우 병기하였습니다.
- 다양한 판본을 참고하였으며, 문예지 발표 시는 한국사데이터베이스(국사편찬위원회)를 참고하였습니다. 또한 이해하기 어려운 단어에는 주를 달았으며, 주는 『원본 김소월 시집』(김용직 주혜, 깊은샘, 2007)을 참고하였습니다.

김소월 시집

진달래꽃

여는 글

평생을 읽어도 다는 모르겠는 시

•

나태주(시인)

김소월이란 이름

김소월, 그 이름을 부르면 우선 마음이 울적해진다. 가슴의 저 밑바닥에서 주먹처럼 솟아오르는 그 어떤 감흥이 있다. 지극히 원초적이고 근원적인 심정이다. 그야말로 산악처럼 업혀오는 마음이고 강물처럼 안겨오는 마음이다.

나만 그러한가. 내 시의 출발이 된 시인. 그러나 아직도 극복이 되지 않는 시인. 아니 앞으로도 영원히 극복이 불가능한 시인. 우리의 한글 시문학사에 김소월의 시가 있다는 것은 처음부터 기적이고 축복이었다.

어찌 그 출발선에 이런 시인, 이런 시의 커다란 꽃송이가 마련되었던가! 참으로 그것은 놀라운 일이요 한글 문학의 빛부신 무지개, 행운이 아닐 수 없겠다. 한국 현대시의 아버지라 불리는 정지용과 김소월의 출생 연도가 같다는 것을 아는 사람은 그다지 많지 않다.

이러한 점에 주목하여 유종호 같은 평론가는 일찍이 '김소월과 정지용의 시는 한 세기를 사이에 둔 것 같다'는 내용의 말을 한 바 있다. 그만큼 두 사람의 시가 격차가 있다는 말이고 김소월의 시가 원론적이고 자연발생적이라는 말이겠다.

하지만 이러한 지적은 결코 김소월의 시를 깎아내리는 말이 아니다. 지금까지 우리의 시인 가운데 김소월만큼 장기간에 걸쳐 폭넓은 독자층의 지지를 확보한 시인이 있었던가. 김소월의 시는 단연 독보적 존재로서 우리 민족의 마음을 울리며 장강과 같이 오늘에 이르고 있고 내일로 가고 있다.

시에서 말하는 개성과 보편성을 두고 볼 때도 김소월만큼 그 두 가지 면을 고르게 성취한 시인이 없다. 김소월의 시야말로 개성, 시인만의 오로지한 특성이 분명하면서도 독자들에게로 향한 보편성도 드넓게 열린 시라고 할 것이다.

삼각형으로 비유한다면 김소월의 시는 둔각삼각형에 해당한다. 세 개의 꼭짓점을 가진 삼각형. 위로 향한 꼭짓점의 각도가 크고 밑변이 넓은 삼각형이 둔각삼각형이다. 꼭짓점이 개성이라면 밑변은 보편성이다. 이 밑변이 독자에게로 열린 공간이다.

그러기에 김소월의 시는 끊임없이 우리 독자들에게 읽혔고 독자들의 마음을 위로하고 쓰다듬어주었으며 그것은 오늘에만 국한된 것이 아니라 미래로까지 열려 멀리까지 가고 있다. 진정한 민족시인, 국민시인이 있다면 그러할 때 김소월 그 이름을 첫 자리에 놓아야 할 이유가 여기에 있다.

애틋한 연애시

우선 김소월 시 읽기의 첫 장면은 그의 시를 연애시로 보는 견해이다. 김소월의 시는 연애시이다. 틀린 말이 아니다. 그러나 시의 시작이 연애시이고 또 화려한 꽃이 연애시가 아니었던가.

시의 재료가 감정이란 것은 누구나 인정하는 것이다. 인간의 감정 가운데 사랑하는 마음, 그리워하는 마음보다 좋은 마음은 없다. 사랑의 대상이나 그리움의 대상으로는 인간만이 아니라 자연이나 사물이 될 수도 있다.

이 사랑하는 마음과 그리워하는 마음을 아름다운 말, 예쁜 말, 착한 말로 정성껏 다듬어 쓰는 시가 바로 연애시이다. 이러한 연애시야말로 시의 본령이며 독자들이 진정 원하는 시이며 독자들에게 도움을 주는 시이다.

그런 점에서 김소월의 시가 연애시라는 점은 비난이 아니라 칭찬이 되어야 한다. 정말로 말해보라. 청소년 시절 김소월의 연애시를 읽지 않은 사람이 어디 있으며 김소월의 시를 통하여 위로받지 않은 사람이 어디 있겠는가.

그러면서도 짐짓 돌아서서는 김소월의 시를 연애시라고 밀쳐놓거나 구박하려고 하는 이들이 있다. 이들이야말로 위선이며 모순이다. 좀 더 솔직할 필요가 있다. 좀 더 성실할 필요가 있다. 김소월의 시를 전편 끝까지 읽어본 적이 있는가?

나의 질문이고 나의 요구이다. 나의 입장에서 볼 때는 김소월의 시처럼 어려운 시가 없다. 쉬운 듯한데 다시 읽어보면 어려운 시가 김소월의 시이다. 평생을 두고 읽어도 읽어도 다는 모르겠는 시가 김소월의 시이다.

마땅히 그의 시 앞에서 허풍을 떨 일도 아니고 거드름을 피울 일도 아니다. 좀 더 솔직해지자. 좀 더 가까워지자. 그러할 때 김소월의 시는 우리에게 다시 한번 따스한 악수가 되고 인생의 반려가 되고 은택이 될 것이다.

그립다
말을 할까
하니 그리워

그냥 갈까
그래도
다시 더 한번……

저 산에도 까마귀, 들에 까마귀,
서산西山에는 해진다고
지저귑니다.

앞강물, 뒷강물,

흐르는 물은

어서 따라오라고 따라가자고

흘러도 연달아 흐릅디다려.

— 〈가는 길〉 전문

나는 이러한 언어의 절창 앞에 무릎을 꿇고 싶은 심정이다. 우리 한국말로 쓰여진 시 가운데 어쩌면 이렇게도 절절한 시가 있었더란 말인가! 저 자연스럽고도 부드러운 감정의 발로 하며 그 감정을 부드럽게 선하게 받아 안아 언어로 세운 저 아름다운 말씀의 집을 보시라.

특히나 첫 부분에 나오는 이러한 표현은 어떠신가. '그립다 / 말을 할까 / 하니 그리워' 정작 무엇이 그리운지 그 실체를 분명히 알지 못해 망설였는데 '그립다' 말을 할까 말까 망설이다가 말을 했더니 그립다는 걸 알았다는 것인데 이 얼마나 절묘한 표현인가. 나는 다시 한번 이 대목에서 무릎을 꿇고 싶은 절망감에 빠지고 만다.

김소월 시의 바탕은 우선 우리의 전통적 민요에 있다. 민요적 가락을 십분 발휘하여 시를 이룬다. 한때는 7·5조라 그랬지만 그 이론이 극복되고 지금은 3음보 가락이라고 말을 한다. 우리의 민요의 기본 리듬이 그렇다는 것이다. 그러나 이 작품에서는 3음보 가락을 변용시켜 자연스럽고도 편안하게 활용되고 있음을 본다. 시인만의 체질화된 숨결이라 하겠다.

소월 시의 그다음 특성은 철저한 구어체 문장의 사용이다. 문어체는 간결하고 경제적일 수는 있지만 구어체보다 자연스럽지는 못하다. 삶에 맞닿아 있지도 않다. 신문학 초기에 이토록 구어체에 철저한 시를 썼다는 것만으로도 하나의 선각이요 놀라운 문학적 성취요 승리다. 위의 시에서도 보면 마치 누군가에게 호소하거나 말해주는 듯 편한 가운데 간절한 마음을 잘 드러내고 있다. 아름다운 세계다.

건강한 서정시

김소월은 천재 시인이었다. 좀 버겁다면 생래의 시인, 천부적인 시인이라고 말하고 싶다. 동시에 그는 요절시인이다. 우리 나이 계산법으로 32세의 나이에 세상을 떠났다.

애석한 일이다. 윤동주 시인은 29세이니 더욱 심각하다.

윤동주 시인과 함께 김소월 시인에겐 세월의 축복이 부족했다. 인생을 두고 볼 때도 그렇고 시인으로 볼 때도 진정 축복받는 사람은 세월의 축복이 있어야 했다. 처음 산 인생에 미숙함이 있고 오류가 있을 때 좀 더 오래 살면서 그것을 수정하고 보완할 수 있는 기회 말이다.

그러므로 시인은 좀 더 오래 살 수 있어야 했다. 시인의 전반만 중요한 것이 아니라 후반도 중요한 까닭이다. 하지만 김소월 시인에겐 그런 기회가 주어지지 않았다. 그만큼 시대적 상황이 나빴고 엄혹했던 것이다.

시인이 처음 시를 발표한 것은 공식적으로 1920년 시인의 나이 19세 때 「창조」란 잡지에 〈낭인의 봄〉 외 4편의 시를 발표하면서부터인데 그로부터 세상을 떠나는 날까지 시를 계속해서 썼다고 해도 14년밖에 시를 쓴 기간이 없다. 그러기에 자신의 시를 돌아보고 새로운 길을 모색하는 기회가 없었을 것이다.

하지만 시인은 후기에 오면서 나름대로 자연발생적 낭만주의 일변도의 시에서 사실주의 시로의 변화를 꾀한 흔적이 보인다. 이른바 건강한 서정시이다. 삶이 살아 있고 현실의 아픔을 놓치지 않는 작품들이다. 여기까지 읽어주어야 김소월의 시를 온전하게 읽은 결과가 되는 것이다.

무연한 벌 위에 들어다놓은 듯한 이 집
또는 밤새에 어디서 어떻게 왔는지 아지 못할 이 비.
신개지新開地에도 봄은 와서 가냘픈 빗줄은
뚝가의 아슴푸레한 개버들 어린 엄도 축이고,
난벌에 파릇한 뉘집 파밭에도 뿌린다.
뒷 가시나무밭에 깃들인 까치떼 좋아 지껄이고
개굴가에서 오리와 닭이 마주 앉아 깃을 다듬는다.
무연한 이 벌 심거서 자라는 꽃도 없고 메꽃도 없고
이 비에 장차 이름 모를 들꽃이나 필는지?
장쾌한 바닷물결, 또는 구릉의 미묘한 기복도 없이
다만 되는 대로 되고 있는 대로 있는 무연한 벌!
그러나 나는 내버리지 않는다, 이 땅이 지금 쓸쓸타고,
나는 생각한다, 다시금, 시원한 빗발이 얼굴을 칠 때,
예서뿐 있을 앞날의 많은 변전의 후에
이 땅이 우리의 손에서 아름다와질 것을! 아름다와질 것을!

—「상쾌한 아침」 전문

이 얼마나 씩씩한 시이며 이 얼마나 건강한 숨결인가. 이러한 시를 모른다 하고 다만 김소월을 나약한 시인, 연애시인으로만 평가하는 것은 온당한 처사가 아니다. 보는 바와 같이 이 시에서는 미래에 대한 소망을 강하게 드러내고 있으며 현실을 이겨내고자 하는 나름대로의 의지도 보이고 있다.

시의 마지막 구절에 좀 집중해보자. '그러나 나는 내버리지 않는다, 이 땅이 지금 쓸쓸타고, / 나는 생각한다, 다시금, 시원한 빗발이 얼굴을 칠 때, / 예서뿐 있을 앞날의 많은 변전의 후에 / 이 땅이 우리의 손에서 아름다와질 것을! 아름다와질 것을!'

이 얼마나 시인의 시각과 생각이 건전한가. 시인이 이루고자 애달피 바랐던 세상이 바로 오늘날 우리가 사는 세상이 아니겠는가. 그런 점에서 시인의 꿈은 뒷사람들에 의해 아름답게 이루어졌다고 볼 수 있겠다.

이러한 시는 우리가 지금까지 알고 있던 김소월의 시하고는 구별되는 시이다. 김소월 시인에게도 시대의 축복이 있고 화해가 있었다면 충분히 또 다른 시의 세상을 보여줄 가능성이 있었다. 시대의 축복이 없어 서둘러 세상을 떠난 시의 뒷모습이 애석할 따름이다.

통일의 날에

우리나라에 신의 가호가 있어 통일 한국이 되거나 남과 북이 자유롭게 오갈 수 있는 세상이 열린다면 나는 제일 먼저 북으로 가서 김소월 시인의 고향을 찾고 싶다. 그곳에 가서 그곳 학생들을 만나보고 그들에게 김소월 시인의 시에 대한 문학강연을 해보고 싶다. 그것이 나의 꿈이다. 남북통일에 대한 기대이고 소망이다. 할 수만 있다면 김소월 시인의 시에 나오는 지명들의 땅을 밟아보고 싶다. 정주, 곽산, 삼수갑산, 장별리, 그리고 오산학교, 우리가 두메산골이라고 부르는 시메산골, 그런 곳들을 두루 살피고 시인이 걷거나 넘었을 산을 무연히 우러르고 싶다. 진정 그런 꿈같은 날이 오기나 할 것인가. 평생을 읽어도 읽어도 다는 모르겠는 김소월 시인의 시를 다시 한 번 가슴에 안아본다. 비록 살아 있는 목숨으로는 시인을 만나지는 못했지만 시로서는 시인을 오랫동안 만난 것에 감사하고 만족한다. 김소월 시인의 시는 내 시의 출발인 동시에 귀결이다.

차례

1장

그립다 말을 할까 하니 그리워

2장

허공 중에 헤어진 이름이여

3장

우리는 말하며 걸었어라, 바람은 부는대로

4장

산에는 꽃 피네 꽃이 피네

5장

나는 세상 모르고 살았노라

1장

그립다 말을 할까 하니 그리워

잊었던 맘

집을 떠나 먼 저 곳에
외로히도 다니던 내 심사心事를!
바람불어 봄꽃이 필 때에는,
어이하여 그대는 또 왔는가,
저도 잊고나니 저 모르던 그대
어찌하여 옛날의 꿈조차 함께 오는가.
쓸데도 없이 서럽게만 오고가는 맘.

진달래꽃

나 보기가 역겨워
가실 때에는
말없이 고이 보내 드리우리다

영변寧邊에 약산藥山
진달래꽃
아름따다 가실 길에 뿌리우리다

가시는 걸음걸음
놓인 그 꽃을
사뿐히 즈려밟고 가시옵소서

나 보기가 역겨워
가실 때에는
죽어도 아니 눈물 흘리우리다

님의 노래

그리운 우리 님의 맑은 노래는
언제나 제 가슴에 젖어있어요

긴 날을 문밖에서 서서 들어도
그리운 우리 님의 고운 노래는
해지고 저무도록 귀에 들려요
밤들고 잠드도록 귀에 들려요

고히도 흔들리는 노래가락에
내 잠은 그만이나 깊이 들어요
고적한 잠자리에 홀로 누워도
내 잠은 포스근히 깊이 들어요

그러다 자다깨면 님의 노래는
하나도 남김 없이 잃어버려요

들으면 듣는대로 님의 노래는
하나도 남김 없이 잊고 말아요

포스근히 - 포근히

못잊어

못잊어 생각이 나겠지요,
그런대로 한세상 지내시구려,
사노라면 잊힐 날 있으리다.

못잊어 생각이 나겠지요,
그런대로 세월만 가라시구려,
못잊어도 더러는 잊히오리다.

그러나 또한긋 이렇지요,
'그리워 살뜰히 못잊는데,
어쩌면 생각이 떠지나요?'

또한긋 - 또 한편, 또 한끝

맘에 속의 사람

잊힐 듯이 볼 듯이 늘 보던 듯이
그립기도 그리운 참말 그리운
이 나의 맘에 속에 속 모를 곳에
늘 있는 그 사람을 내가 압니다.

인제도 인제라도 보기만 해도
다시 없이 살뜰한 그 내 사람은
한두번만 아니게 본 듯하여서
나자부터 그리운 그 사람이요.

남은 다 어림없다 이를지라도
속에 깊이 있는 것 어찌하는가,
아나 진작 낯 모를 그 내 사람은
다시 없이 알뜰한 그 내 사람은……

나를 못잊어하여 못잊어하여
애타는 그 사랑이 눈물이 되어,
한끗 만나리 하는 내 몸을 가져
몹쓸음을 둔 사람, 그 나의 사람?

개여울

당신은 무슨 일로
그리합니까?
홀로히 개여울에 주저앉아서

파릇한 풀포기가
돋아나오고
잔물은 봄바람에 해적일 때에

가도 아주 가지는
않노라시던
그러한 약속이 있었겠지요

날마다 개여울에

나와 앉아서

하염없이 무엇을 생각합니다

가도 아주 가지는

않노라심은

굳이 잊지 말라는 부탁인지요

그를 꿈꾼 밤

야밤중, 불빛이 발갛게
어렴풋이 보여라.

들리는듯, 마는듯,
발자국 소리.
스러져가는 발자국 소리.

아무리 혼자 누워 몸을 뒤재도
잃어버린 잠은 다시 안 와라.

야밤중, 불빛이 발갛게
어렴풋이 보여라.

뒤재도 - 뒤척여도

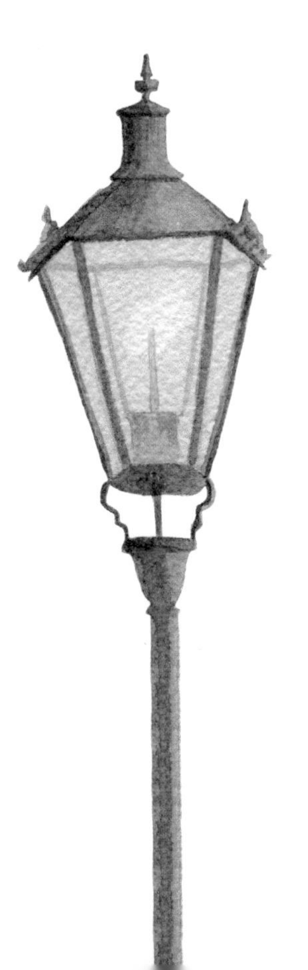

꿈꾼 그 옛날

밖에는 눈, 눈이 와라,

고요히 창 아래로는 달빛이 들어라.

어스름 타고서 오신 그 여자는

내 꿈의 품속으로 들어와 안겨라.

나의 벼개는 눈물로 함빡히 젖었어라.

그만 그 여자는 가고 말았느냐.

다만 고요한 새벽, 별그림자 하나가

창틈을 엿보아라.

세월은 지나가고

지난해 첫새벽에 뵈던 그림자
이 해에도 외론 맘 또 비춰준다
저 산 너머 오십 리 길 좋다 해도
난 모릅네 오던 길 어이 바꾸노.

무엇에다 비길꼬 나의 그 님을
새카말새 밤하늘 소낙비 쏼쏼
진흙물에 도는 맘 방향 모를 제
비 개니 맑은 달 반가운 것을.

시름 많은 이 세상 어이 보낼꼬
쓸쓸할시 빈 들엔 꽃조차 없고
가는 세월 덧없다 탄식을 말게
갈수록 님의 말은 속에 스미네.

맘 켱기는 날

오실 날

아니 오시는 사람!

오시는 것 같게도

맘 켱기는 날!

어느덧 해도 지고 날이 저므네!

켱기는 - '근심 걱정이 된다'는 의미의 평안도 지방어

눈오는 저녁

바람 자는 이 저녁
흰눈은 퍼붓는데
무엇 하고 계시노
같은 저녁 금년은……

꿈이라도 꾸면은!
잠들면 만나련가.
잊었던 그 사람은
흰눈 타고 오시네.
저녁때. 흰눈은 퍼부어라.

고적한 날

당신님의 편지를
받은 그날로
서러운 풍설風說이 돌았습니다.

물에 던져달라고 하신 그 뜻은
언제나 꿈꾸며 생각하라는
그 말씀인줄 압니다.

흘려 쓰신 글씨나마
언문諺文 글자로
눈물이라 적어보내셨지요.

물에 던져달라고 하신 그 뜻은
뜨거운 눈물 방울방울 흘리며
맘곱게 읽어달라는 말씀이지오.

자나깨나 앉으나서나

자나깨나 앉으나서나
그림자같은 벗 하나이 내게 있었습니다.

그러나, 우리는 얼마나 많은 세월을
쓸데없는 괴로움으로만 보내였겠습니까!

오늘은 또다시, 당신의 가슴속, 속 모를 곳을
울면서 나는 휘저어버리고 떠납니다그려.

허수한 맘, 둘 곳 없는 심사心事에 쓰라린 가슴은
그것이 사랑, 사랑이던 줄이 아니도 잊힙니다.

허수한 - 허전하고 서운한

꿈으로 오는 한사람

나이 자라지면서 가지게 되였노라
숨어있던 한사람이, 언제나 나의,
다시 깊은 잠속의 꿈으로 와라
붉으렷한 얼굴에 가늣한 손가락의,
모르는듯한 거동도 전날의 모양대로
그는 야젓이 나의 팔 위에 누워라
그러나, 그래도 그러나!
말할 아무것이 다시 없는가!
그냥 먹먹할뿐, 그대로
그는 일어라. 닭의 홰치는 소리.
깨어서도 늘, 길거리의 사람을
밝은 대낮에 빗보고는 하노라.

가늣한 - 약간 가는, 가느다란
야젓이 - 말, 행동이 점잖고 의젓하게
빗보고는 - 실제와 다르게 보다, 착각하여 잘못 보고는

해가 산마루에 저물어도

해가 산마루에 저물어도
내게 두고는 당신 때문에 저뭅니다.

해가 산마루에 올라와도
내게 두고는 당신 때문에 밝은 아침이라고 할 것입니다.

땅이 꺼져도 하늘이 무너져도
내게 두고는 끝까지 모두 다 당신 때문에 있습니다.

다시는, 나의 이러한 맘뿐은, 때가 되면,
그림자같이 당신한테로 가오리다.

오오, 나의 애인이었던 당신이어.

바리운 몸

꿈에 울고 일어나
들에
나와라.

들에는 소슬비
머구리는 울어라.
풀그늘 어두운데

뒷짐지고 땅 보며 머뭇거릴 때.

누가 반딧불 꾀여드는 수풀 속에서
'간다 잘 살어라' 하며, 노래불러라.

머구리 - 개구리의 지방어

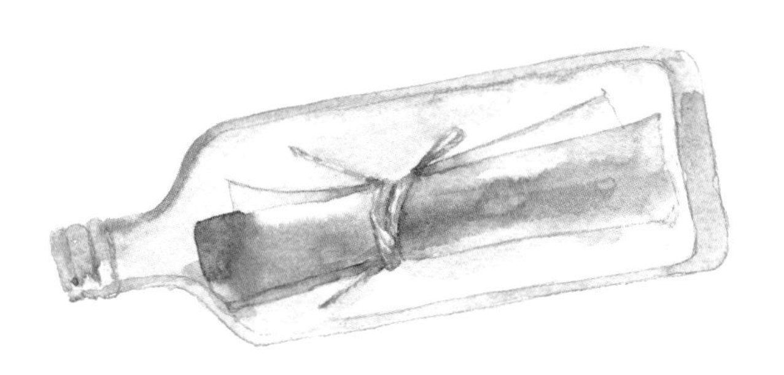

먼 후일

먼훗날 당신이 찾으시면
그때에 내 말이 '잊었노라'

당신이 속으로 나무라시면
'무척 그리다가 잊었노라'

그래도 당신이 나무라시면
'믿기지 않아서 잊었노라'

오늘도 어제도 아니 잊고
먼훗날 그때에 '잊었노라'

님의 말씀

세월이 물과 같이 흐른 두달은
길어둔 독엣물도 찌엇지마는
가면서 함께 가자 하던 말씀은
살아서 살을 맞는 표적이외다

봄풀은 봄이 되면 돋아나지만
나무는 밑그루를 꺾은 셈이요
새라면 두 쭉지가 상한 셈이라
내 몸에 꽃필 날은 다시 없구나

밤마다 닭소리라 날이 첫시時면
당신의 넋맞이로 나가볼 때요
그믐에 지는 달이 산에 걸리면
당신의 길신가리 차릴 때외다

세월은 물과 같이 흘러가지만
가면서 함께 가자 하던 말씀은
당신을 아주 잊던 말씀이지만
죽기전 또 못잊을 말씀이외다.

찌엇지마는 - 고여 있던 물이 새어서 줄었지마는
길신가리 - 죽은 이를 위해 하는 굿의 하나

예전엔 미처 몰랐어요

봄 가을 없이 밤마다 돋는 달도
'예전엔 미처 몰랐어요'

이렇게 사무치게 그리울 줄도
'예전엔 미처 몰랐어요'

달이 암만 밝아도 쳐다볼 줄을
'예전엔 미처 몰랐어요'

이제금 저 달이 설움인 줄은
'예전엔 미처 몰랐어요'

님에게

한때는 많은 날을 당신 생각에
밤까지 새운 일도 없지 않지만
아직도 때마다는 당신 생각에
축업은 벼갯가의 꿈은 있지만

낯모를 딴세상의 네길거리에
애달피 날저무는 갓스물이요
캄캄한 어두운 밤 들에 헤매도
당신은 잊어버린 설움이외다

당신을 생각하면 지금이라도
비오는 모래밭에 오는 눈물의
축업은 벼갯가의 꿈은 있지만
당신은 잊어버린 설움이외다

축업은 – 축축하다는 의미의 정주 지방어

가는 길

그립다
말을 할까
하니 그리워

그냥 갈까
그래도
다시 더 한번……

저 산에도 까마귀, 들에 까마귀,
서산西山에는 해진다고
지저귑니다.

앞강물, 뒷강물,
흐르는 물은
어서 따라오라고 따라가자고
흘러도 연달아 흐릅디다려.

구름

저기 저 구름을 잡아타면
붉게도 피로 물든 저 구름을,
밤이면 새카만 저 구름을.
잡아타고 내 몸은 저 멀리로

구만리 긴 하늘을 날아 건너
그대 잠든 품속에 안기렸더니,
애스러라, 그리는 못한대서,
그대여, 들으라 비가 되어
저 구름이 그대한테로 나리거든,
생각하라, 밤저녁, 내 눈물을.

애스러라 - 야속하다

2장

허공 중에 헤어진 이름이여

초혼

산산이 부서진 이름이여!
허공 중에 헤어진 이름이여!
불러도 주인 없는 이름이여!
부르다가 내가 죽을 이름이여!

심중에 남아 있는 말 한 마디는
끝끝내 마저 하지 못하였구나.
사랑하던 그 사람이여!
사랑하던 그 사람이여!

붉은 해는 서산 마루에 걸리었다.
사슴의 무리도 슬피 운다.
떨어져 나가 앉은 산 위에서
나는 그대의 이름을 부르노라.

설움에 겹도록 부르노라.

설움에 겹도록 부르노라.

부르는 소리는 비껴 가지만

하늘과 땅 사이가 너무 넓구나.

선 채로 이 자리에 돌이 되어도

부르다가 내가 죽을 이름이여!

사랑하던 그 사람이여!

사랑하던 그 사람이여!

등불과 마주 앉았으려면

적적히
다만 밝은 등불과 마주 앉았으려면
아무 생각도 없이 그저 울고만 싶습니다,
왜 그런지야 알 사람이 없겠습니다마는.

어두운 밤에 홀로이 누웠으려면
아무 생각도 없이 그저 울고만 싶습니다,
왜 그런지야 알 사람도 없겠습니다마는,
탓을 하자면 무엇이라 말할 수는 있겠습니다마는.

황촉불

황촉黃燭불, 그저도 까맣게

스러져가는 푸른 창을 기대고

소리조차 없는 흰밤에,

나는 혼자 거울에 얼굴을 묻고

뜻없이 생각없이 들여다보노라.

나는 이르노니, '우리 사람들
첫날밤은 꿈속으로 보내고
죽음은 조는 동안에 와서,
별 좋은 일도 없이 스러지고 말아라.'

접동새

접동

접동

아우래비접동

진두강津頭江 가람가에 살던 누나는

진두강 앞마을에

와서 웁니다

옛날, 우리나라

먼 뒷쪽의

진두강 가람가에 살던 누나는

의붓어미 시샘에 죽었습니다

누나라고 불러보랴
오오 불설워
시새움에 몸이 죽은 우리누나는
죽어서 접동새가 되었습니다

아홉이나 남아되던 오랩동생을
죽어서도 못잊어 차마 못잊어
야삼경夜三更 남 다 자는 밤이 깊으면
이 산 저 산 옮아가며 슬피 웁니다.

불설워 - 불쌍하고 서러워
오랩동생 - 오라비와 동생

담배

나의 긴 한숨을 동무하는
못잊게 생각나는 나의 담배!
내력을 잊어버린 옛 시절에
났다가 새없이 몸이 가신
아씨님 무덤 위의 풀이라고
말하는 사람도 보았어라.
어물어물 눈앞에 스러지는 검은 연기,
다만 타붙고 없어지는 불꽃.
아 나의 괴로운 이 맘이어.
나의 하욤없이 쓸쓸한 많은 날은
너와 한가지로 지나가라.

하욤없이 - 하염없이의 지방어

신앙

눈을 감고 잠잠히 생각하라
무거운 짐에 우는 목숨에는
받아 가질 안식을 더하랴고
반드시 힘있는 도움의 손이
그대들을 위하야 기다릴지니.

그러나, 길은 다하고 날이 저무는가.
애처로운 인생이어
종소리는 배밧비 흔들리고
애꿎은 조가弔歌는 비껴울 때
머리 수그리며 그대 탄식하리.

그러나, 꿇어앉아 고요히
빌라, 힘있게 경건하게
그대의 맘 가운데

그대를 지키고 있는 아름다운 신神을
높이 우러러 경배하라.

멍에는 괴롭고 짐은 무거워도
두드리던 문은 멀지 않아 열릴지니,
가슴에 품고 있는 명멸明滅의 그 등잔을
부드러운 예지叡智의 기름으로
채우고 또 채우라.

그러하면 목숨의 봄두던의
삶을 감사하는 높은 가지
잊었던 진리의 봉우리에 잎은 피며,
신앙의 불붙는 고운 잔디
그대의 헐벗은 영靈을 싸덮으리.

배밧비 - 배가 바쁘게, 매우 바쁘게
봄두던 - 봄언덕

옛이야기

고요하고 어두운 밤이 오면은
어스러한 등불에 밤이 오면은
외로움에 아픔에 다만 혼자서
하염없는 눈물에 저는 웁니다

제 한몸도 예전엔 눈물 모르고
조그마한 세상을 보냈습니다
그때는 지난날의 옛이야기도
아무 설움 모르고 외었습니다

어스러한 - 밝지 않고 조금 어둑한

그런데 우리 님이 가신 뒤에는
아주 저를 버리고 가신 뒤에는
전날에 제게 있던 모든 것들이
가지가지 없어지고 말았습니다

그러나 그 한때에 외어두었던
옛이야기뿐만은 남았습니다
나날이 짙어가는 옛이야기는
부질없이 제 몸을 울려줍니다

설움의 덩이

꿇어앉아 올리는 향로의 향불.
내 가슴에 조그만 설움의 덩이.
초닷새 달 그늘에 빗물이 운다.
내 가슴에 조그만 설움의 덩이.

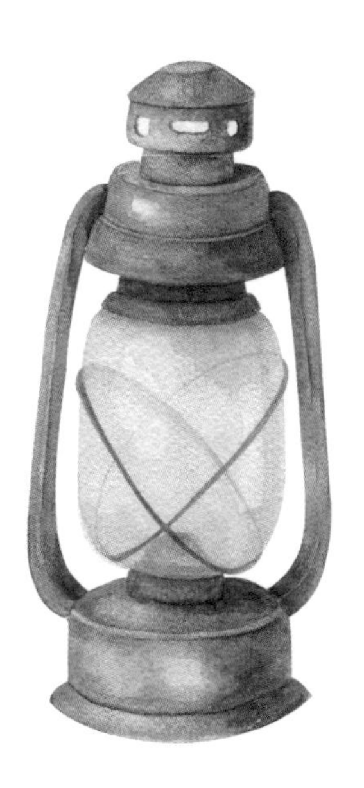

맘에 있는 말이라고 다 할까 보냐

하소연하며 한숨을 지우며

세상을 괴로워하는 사람들이어!

말을 나쁘지 않도록 좋이 꾸밈은

닳아진 이 세상의 버릇이라고, 오오 그대들!

맘에 있는 말이라고 다 할까 보냐.

두세번 생각하라, 위선 그것이

저부터 밑지고 들어가는 장사일진댄.

사는 법이 근심은 못 가른다고,

남의 설움을 남은 몰라라.

말 마라, 세상, 세상 사람은

세상에 좋은 이름 좋은 말로서

한사람을 속옷마저 벗긴 뒤에는

그를 네길거리에 세워 놓아라, 장승도 마치 한가지.

이 무슨 일이냐, 그날로부터,

세상 사람들은 제각기 제 비위의 헐한 값으로

그의 몸값을 매마쟈고 덤벼들어라.

오오 그러면, 그대들은 이후에라도

하늘을 우러르라, 그저 혼자, 쉽거나 괴롭거나.

매마쟈고 - 값을 매기자고

바다가 변하야 뽕나무밭 된다고

걷잡지 못할만한 나의 이 설움,

저무는 봄저녁에 져가는 꽃잎,

져가는 꽃잎들은 나부끼어라.

예로부터 일러오며 하는 말에도

바다가 변하여 뽕나무밭 된다고.

그러하다, 아름다운 청춘의 때의

있다던 온갖 것은 눈에 설고

다시금 낯모르게 되나니,

보아라, 그대여, 서럽지 않은가,

봄에도 삼월三月의 져가는 날에

붉은 피같이도 쏟아져내리는

저기 저 꽃잎들을, 저기 저 꽃잎들을.

봄비

어룰없이 지는 꽃은 가는 봄인데

어룰없이 오는 비에 봄은 울어라.

서럽다, 이 나의 가슴속에는!

보라, 높은 구름 나무의 푸릇한 가지.

그러나 해 늦으니 어스름인가.

애달피 고운 비는 그어오지만

내 몸은 꽃자리에 주저앉아 우노라.

어룰 - 얼굴의 평안도 지방어

불운에 우는 그대여

불운에 우는 그대여, 나는 아노라

무엇이 그대의 불운을 지었는지도,

부는 바람에 날려,

밀물에 흘러,

굳어진 그대의 가슴속도.

모두 지나간 나의 일이면.

다시금 또 다시금

적황의 포말은 북고여라, 그대의 가슴속의,

암청暗青의 이끼여, 거칠은 바위

치는 물가의.

북고여라 - 북적고이다의 평안도 지방어로 추정된다.
'북적고으지 마라'는 '떠들지 마라'의 의미이다.

마음의 눈물

내 마음에서 눈물난다.

뒷산에 푸르른 미류나무 잎들이 알지,

내 마음에서, 마음에서 눈물나는 줄을,

나 보고 싶은 사람, 나 한번 보게 하여 주소,

우리 작은놈 날 보고 싶어하지.

건너집 갓난이도 날 보고 싶을 테지,

나도 보고 싶다, 너희들이 어떻게 자라는 것을.

나 하고 싶은 노릇 나 하게 하여 주소.

못잊어 그리운 너의 품속이여!

못잊히고, 못잊혀 그립길래 내가 괴로와하는 조선이여.

마음에서 오는날 눈물이 난다.

앞뒤 한길 포플러 잎들이 안다.

마음속에 마음의 비가 오는 줄을,

갓난이야 갓놈아 나 바라보라

아직도 한길 위에 인기척 있나,

무엇 이고 어머니 오시나보다.

부뚜막 쥐도 이젠 달아났다.

비단안개

눈들이 비단안개에 둘리울 때,
그때는 차마 잊지 못할 때러라.
만나서 울던 때도 그런 날이오,
그리워 미친 날도 그런 때러라.

눈들이 비단안개를 둘리울 때,
그때는 홀목숨은 못살 때러라.
눈 풀리는 가지에 당치마귀로
젊은 계집 목매고 달릴 때러라.

눈들이 비단안개에 둘리울 때,

그때는 종달새 솟을 때러라.

들에랴, 바다에랴, 하늘에서랴,

알지 못할 무엇에 취할 때러라.

눈들이 비단안개에 둘리울 때,

그때는 차마 잊지 못할 때러라.

첫사랑 잇던 때도 그런 날이오,

영이별 있던 날도 그런 때러라.

첫치마

봄은 가나니 저문 날에,

꽃은 지나니 저문 봄에,

속없이 우나니 지는 꽃을,

속없이 느끼나니 가는 봄을.

꽃지고 잎진 가지를 잡고

미친듯 우나니, 집난이는

해 다 지고 저문 봄에

허리에도 감은 첫치마를

눈물로 함빡히 쥐여짜며

속없이 우노나 지는 꽃을,

속없이 느끼노나, 가는 봄을.

집난이 - 집을 떠난 사람, 시집 간 딸

하다못해 죽어달래가 옳나

아주 나는 바랄것 더 없노라
빛이랴 허공이랴,
소리만 남은 내 노래를
바람에나 띄워서 보낼밖에.
하다못해 죽어달래가 옳나
좀더 높은 데서나 보았으면!

한세상 다 살아도
살은 뒤 없을 것을,
내가 다 아노라 지금까지
살아서 이만큼 자랐으니.
예전에 지나본 모든 일을
살았다고 이를 수 있을진댄!

물가의 닳아져 널린 굴껍풀에
붉은 가시덤불 뻗어 늙고
어둑어둑 저문 날을
비바람에 울지는 돌무더기
하다못해 죽어달래가 옳나
밤의 고요한 때라도 지켰으면!

굴껍풀 -굴 껍질
울지는 -울부짖는

가을 아침에

어둑한 퍼스렷한 하늘 아래서
회색의 지붕들은 번쩍거리며,
성깃한 섭나무의 드믄 수풀을
바람은 오다가다 울며 만날 때,
보일락말락하는 멧골에서는
안개가 어스러히 흘러쌓여라.
아아 이는 찬비 온 새벽이러라.
냇물도 잎새 아래 얼어붙누나.
눈물에 쌓여오는 모든 기억은
피흘린 상처조차 아직 새로운
가주난 아기같이 울며 서두는
내 영을 에워싸고 속살거려라.

퍼스렷한 – 약한 푸른 빛을 띤
가주난 – 갖난, '가주'는 '갖'의 평안도 지방어
가비엽든 – 가볍던

'그대의 가슴속이 가비엽든 날
그리운 그 한때는 언제였었노!'
아아 어루만지는 고흔 그 소리
쓰라린 가슴에서 속살거리는,
미움도 부끄럼도 잊은 소리에,
끝없이 하염없이 나는 울어라.

3장

우리는 말하며 걸었어라, 바람은 부는대로

동경하는 애인

너의 붉고 부드러운

그 입술에보다

너의 아름답고 깨끗한

그 혼魂에다

나는 뜨거운 키스를……

내 생명의 굳센 운율은

너의 조그만한 마음속에서

그침없이 움직인다.

만리성

밤마다 밤마다

온 하룻밤

쌓았다 헐었다

긴 만리성!

개여울의 노래

그대가 바람으로 생겨났으면!
달 돋는 개여울의 빈 들 속에서
내 옷의 앞자락을 불기나하지.

우리가 굼벙이로 생겨났으면!
비오는 저녁 캄캄한 영기슭의
미욱한 꿈이나 꾸어를 보지.

굼벙이 - 굼벵이

만일에 그대가 바다난 끝의
벼랑에 돌로나 생겨났다면,
둘이 안고 굴며 떨어나지지.

만일에 나의 몸이 불귀신이면
그대의 가슴 속을 밤도아 태워
둘이 함께 재되여 스러지지.

산 위에

산 위에 올라서서 바라다보면
가로막힌 바다를 마주 건너서
님 계시는 마을이 내 눈앞으로
꿈하늘 하늘같이 떠오릅니다.

흰모래 모래 비낀 선창船倉가에는
한가한 뱃노래가 멀리 잦으며
날 저물고 안개는 깊이 덮여서
흩어지는 물꽃뿐 아득입니다.

이윽고 밤 어둡는 물새가 울면
물결 좇아 하나둘 배는 떠나서
저 멀리 한바다로 아주 바다로
마치 가랑잎같이 떠나갑니다.

나는 혼자 산에서 밤을 새우고
아침해 붉은 볕에 몸을 씻으며
귀 기울고 솔곳이 엿듣노라면
님 계신 창 아래로 가는 물노래

흔들어 깨우치는 물노래에는
내 님이 놀라 일어 찾으신대도
내 몸은 산 위에서 그 산 위에서
고이 깊이 잠들어 다 모릅니다

솔곳이 - 고개를 조금 숙이거나 귀를 기울이는 모양

꽃촉불 켜는 밤

꽃촉불 켜는 밤, 깊은 골방에 만나라.
아직 젊어 모를 몸, 그래도 그들은
'해달같이 밝은 맘, 저저마다 있노라.'
그러나 사랑은, 한두번만 아니라, 그들은 모르고.

꽃촉불 켜는 밤, 어스러한 창 아래 만나라.
아직 앞길 모를 몸, 그래도 그들은
'솔대같이 굳은 맘, 저저마다 있노라.'
그러나 세상은, 눈물날 일 많아라, 그들은 모르고.

님과 벗

벗은 설움에서 반갑고
님은 사랑에서 좋아라.
딸기꽃 피여서 향기로운 때를
고추의 붉은 열매 익어가는 밤을
그대여, 부르라, 나는 마시리.

밭고랑 위에서

우리 두 사람은

키 높이 가득 자란 보리밭, 밭고랑 위에 앉았어라.

일을 필畢하고 쉬이는 동안의 기쁨이어.

지금 두 사람의 이야기에는 꽃이 필 때.

오오 빛나는 태양은 나려쪼이며

새 무리들도 즐거운 노래, 노래불러라.

오오 은혜여, 살아있는 몸에는 넘치는 은혜여,

모든 은근스러움이 우리의 맘 속을 차지하여라.

세계의 끝은 어디? 자애의 하늘은 넓게도 덮였는데,

우리 두 사람은 일하며, 살아있었어,

하늘과 태양을 바라보아라, 날마다 날마다도,

새롭고 새로운 환희를 지어내며, 늘 같은 땅 위에서.

다시 한번 활기있게 웃고나서, 우리 두 사람은

바람에 일리우는 보리밭 속으로

호미 들고 들어갔어라, 가즈란히 가즈란히,

걸어 나아가는 기쁨이어, 오오 생명의 향상이어.

합장

나들이. 단 두 몸이라. 밤빛은 배여와라.

아, 이거 봐, 우거진 나무 아래로 달 들어라.

우리는 말하며 걸었어라, 바람은 부는대로.

등불 빛에 거리는 해적여라, 희미한 하느편에

고히 밝은 그림자 아득이고

퍽도 가까운 풀밭에서 이슬이 번쩍여라.

밤은 막 깊어, 사방은 고요한데,

이마즉, 말도 안하고, 더 안가고,

길가에 우두커니. 눈감고 마주 서서.

먼먼 산. 산절의 절 종소리. 달빛은 지새여라.

해적여라 - 해작이다, 무엇을 찾으려 조금씩 들추다

하느편 - 서쪽편

아마즉 - 이마적의 지방어, 지나간 얼마 동안의 가까운 때

드리는 노래

한집안 사람 같은 저기 저 달님

당신은 사랑의 달님이 되고
우리는 사랑의 달무리 되자.
쳐다보아도 가까운 달님
늘 같이 놀아도 싫잖은 우리.

미더움 의심 없는 모름의 달님

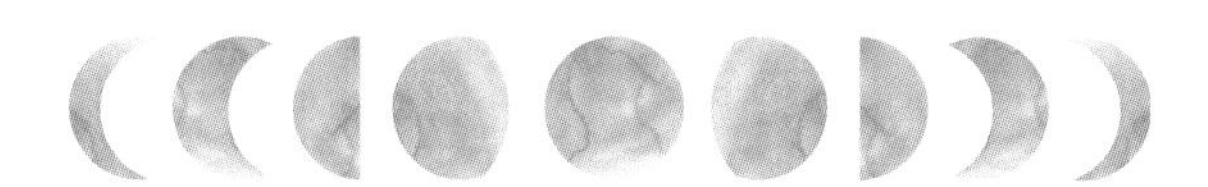

당신은 분명한 약속이 되고
우리는 분명한 지킴이 되자
밤이 지샌 뒤라도 그믐의 달님
잊은 듯 보였다가도 반기는 우리.

귀엽긴 귀여워도 의젓한 달님

당신은 온 천함의 달님이 되고
우리는 온 천함의 잔별이 되자.
넓은 하늘이라도 좁았던 달님
수줍음 수줍음을 따르는 우리.

부부

오오 아내여, 나의 사랑!

하늘이 묶어준 짝이라고

믿고 살음이 마땅치 아니한가.

아직 다시 그러랴, 안 그러랴?

이상하고 별납은 사람의 맘,

저 몰라라, 참인지, 거짓인지?

정분으로 얽은 딴 두 몸이라면.

서로 어그점인들 또 있으랴.

한평생이라도 반백년

못 사는 이 인생에!

연분의 긴 실이 그 무엇이랴?

나는 말하려노라, 아무려나,

죽어서도 한곳에 묻히더라.

별납은 – 별난, 혹은 별스러운
어그점인들 – 교만하게 굴거나 함부로 으스댄들

자주 구름

물고흔 자주紫朱 구름,

하늘은 개여오네.

밤중에 몰래 온 눈

솔숲에 꽃피였네.

아침볕 빛나는데

알알이 뛰노는 눈

밤새에 지난 일은……

다 잊고 바라보네.

움직어리는 자주紫朱 구름.

물고흔 - 물 고운

두 사람

흰눈은 한잎

또 한잎

영기슭을 덮을 때.

짚신에 감발하고 길심매고

우뚝 일어나면서 돌아서도……

다시금 또 보이는,

다시금 또 보이는.

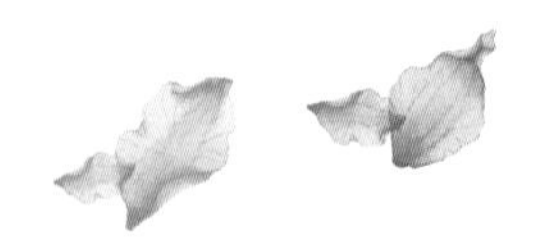

감발하고- 무명천으로 발을 감싸고

춘향과 이도령

평양에 대동강은

우리나라에

곱기로 으뜸가는 가람이지요

삼천리 가다가다 한가운데는

우뚝한 삼각산이

솟기도 했소

그래 옳소 내 누님, 오오 누이님

우리나라 섬기던 한 옛적에는

춘향과 이도령도 살았다지요.

이편에는 함양, 저편에 담양,
꿈에는 가끔가끔 산을 넘어
오작교 찾아 찾아 가기도 했오

그래 옳소 누이니 내 누님
해 돋고 달 돋아 남원 땅에는
성춘향 아가씨가 살았다지요

4장

산에는 꽃 피네 꽃이 피네

산유화

산에는 꽃 피네
꽃이 피네
갈 봄 여름없이
꽃이 피네

산에
산에
피는 꽃은
저만치 혼자서 피어있네

산에서 우는 적은 새요

꽃이 좋아

산에서

사노라네

산에는 꽃 지네

꽃이 지네

갈 봄 여름없이

꽃이 지네

달맞이

정월대보름날 달맞이,
달맞이 달마중을, 가자고!
새라새옷은 갈아입고도
가슴엔 묵은 설움 그대로,
달맞이 달마중을, 가자고!
달마중 가자고 이웃집들!
산 위에 수면에 달 솟을 때,
돌아들 가자고, 이웃집들!
모작별 삼성이 떨어질 때.
달맞이 달마중을 가자고!
다니던 옛동무 무덤가에
정월대보름날 달맞이!

새라새옷 - 새롭고 새로운 옷
모작별 - 저녁 무렵의 금성

박넝쿨 타령

박넝쿨이 에헤이요 뻗을 적만 같아선
온세상을 얼사쿠나 다 뒤덮는 것 같더니
하드니만 에헤이요 에헤이요 에헤야
초가집 삼간을 못 덮었네, 에히이요 못 덮었네.

복숭아꽃이 에헤이요 피일 적만 같아선
봄동산을 얼사쿠나 도맡아 놀 것 같더니
하드니만 에헤이요 에헤이요 에헤야
나비 한 마리도 못 붙잡데, 에헤이요 못 붙잡데.

박넝쿨이 에헤이요 뻗을 적만 같아선
가을 올 줄을 얼사쿠나 아는 이가 적드니
얼사쿠나 에헤이요 하룻밤 서리에, 에헤요
잎도 줄기도 노그라 붙고 둥근 박만 달렸네.

우리집

이 바로
외따로 와 지나는 사람 없으니
'밤 자고 가자'하며 나는 앉아라.

저 멀리, 하느편에
배는 떠나나가는
노래 들리며

눈물은
흘려나려라
스르르 나려감는 눈에.

꿈에도 생시에도 눈에 선한 우리집
또 저 산 넘어넘어
구름은 가라.

바다

뛰노는 흰 물결이 일고 또잦는
붉은 풀이 자라는 바다는 어디

고기잡이꾼들이 배 위에 앉아
사랑노래 부르는 바다는 어디

파랗게 좋이 물든 남빛 하늘에
저녁놀 스러지는 바다는 어디

곳없이 떠다니는 늙은 물새가
떼를 지어 좇니는 바다는 어디

건너서서 저편은 딴 나라이라
가고 싶은 그리운 바다는 어디

좇니는 - 늘 좇아다니는

여름의 달밤

서늘하고 달밝은 여름 밤이어
구름조차 희미한 여름 밤이어
그지없이 거룩한 하늘로서는
젊음의 붉은 이슬 젖어나려라.

행복의 맘이 도는 높은 가지의
아슬아슬 그늘 잎새를
배불러 기어도는 어린 벌레도
아아 모든 물결은 복받았어라.

뻗어뻗어 오르는 가시덩굴도
희미하게 흐르는 푸른 달빛이
기름 같은 연기에 멱감을러라.
아아 너무 좋아서 잠못들어라.

우긋한 풀대들은 춤을 추면서
갈잎들은 그윽한 노래 부를 때.
오오 내려 흔드는 달빛 가운데
나타나는 영원을 말로 새겨라.

자라는 물벼 이삭 벌에서 불고
마을로 은銀 숫듯이 오는 바람은
눅잣추는 향기를 두고 가는데
인가들은 잠들어 고요하여라.

하루 종일 일하신 아기아바지
농부들도 편안히 잠들었어라.
영기슭의 어둑한 그늘 속에선
쇠스랑과 호미뿐 빛이 피어라.

우긋한 - 조금 우거진 듯한
숫듯이 - 씻듯이
눅잣추는 -위로하는

이슥고 식새리의 우는 소리는
밤이 들어가면서 더욱 잦을 때
나락밭 가운데의 우물가에는
농녀農女의 그림자가 아직 있어라.

달빛은 그무리며 넓은 우주에
잃어졌다 나오는 푸른 별이요.
식새리의 울음의 넘는 곡조요.
아아 기쁨 가득한 여름밤이어.

삼간집에 불붙는 젊은 목숨의
정열에 목맺히는 우리 청춘은
서느러운 여름밤 잎새 아래의
희미한 달빛 속에 나부끼어라.

식새리 - 귀뚜라미의 정주 지방어
그무리며 - 불빛이 밝아졌다 점점 침침해지며

한때의 자랑 많은 우리들이어
농촌에서 지나는 여름보다도
여름의 달밤보다 더 좋은 것이
인간의 이 세상에 다시 있으랴.

조고만 괴로움도 내어버리고
고요한 가운데서 귀기울이며
흰달의 금물결에 노를 저어라
푸른밤의 하늘로 목을 놓아라.

아아 찬양하여라 좋은 한때를
흘러가는 목숨을 많은 행복을.
여름의 어스러한 달밤 속에서
꿈 같은 즐거움의 눈물 흘러라.

저녁때

마소의 무리와 사람들은 돌아들고, 적적히 빈 들에,
엉머구리 소리 우거져라.
푸른 하늘은 더욱 낮추, 먼 산비탈길 어둔데
우뚝우뚝한 드높은 나무, 잘 새도 깃들어라.

볼수록 넓은 벌의
물빛을 물끄러미 들여다보며
고개 수그리고 박은 듯이 홀로 서서
긴 한숨을 짓느냐. 왜 이다지!

온 것을 아주 잊었어라, 깊은 밤 예서 함께
몸이 생각에 가뷔엽고, 맘이 더 높이 떠오를 때,
문득, 멀지 않은 갈숲 새로
별빛이 솟구어라.

엉머구리 – 개구리의 종류, 몸이 크고 누런 색이며 등에는 검누런 점이 있다

상쾌한 아침

무연한 벌 위에 들어다놓은 듯한 이 집
또는 밤새에 어디서 어떻게 왔는지 아지 못할 이 비.
신개지新開地에도 봄은 와서 가냘픈 빗줄은
뚝가의 아슴푸레한 개버들 어린 엄도 축이고,
난벌에 파릇한 뉘집 파밭에도 뿌린다.
뒷 가시나무밭에 깃들인 까치떼 좋아 지껄이고
개굴가에서 오리와 닭이 마주 앉아 깃을 다듬는다.
무연한 이 벌 심거서 자라는 꽃도 없고 메꽃도 없고
이 비에 장차 이름 모를 들꽃이나 필는지?
장쾌한 바닷물결, 또는 구릉의 미묘한 기복도 없이
다만 되는 대로 되고 있는 대로 있는 무연한 벌!
그러나 나는 내버리지 않는다, 이 땅이 지금 쓸쓸타고,
나는 생각한다, 다시금, 시원한 빗발이 얼굴을 칠 때,
예서뿐 있을 앞날의 많은 변전의 후에
이 땅이 우리의 손에서 아름다와질 것을! 아름다와질 것을!

엄마야 누나야

엄마야 누나야 강변 살자,
뜰에는 반짝이는 금모래빛,
뒷문 밖에는 갈잎의 노래
엄마야 누나야 강변 살자.

제이, 엠, 에쓰

평양서 나신 인격의 그 당신님 제이, 엠, 에쓰
덕없는 나를 미워하시고
재주있던 나를 사랑하셨다
오산 계시던 제이, 엠, 에쓰
십년 봄만에 오늘 아침 생각난다
근년 처음 꿈없이 자고 일어나며.
얽은 얼굴에 자그만 키와 여윈 몸매는
달은 쇠끝 같은 지조가 튀여날 듯
타듯하는 눈동자만이 유난히 빛나셨다.
민족을 위하여는 더도 모르시는 열정의 그님,

소박한 풍채, 인자하신 옛날의 그 모양대로,
그러나, 아— 술과 계집과 이욕에 헝클어져
십오년에 허주한 나를
웬일로 그 당신님

맘 속으로 찾으시오? 오늘 아침.

아름답다, 큰 사랑은 죽는 법 없어,

기억되어 항상 내 가슴 속에 숨어있어,

미쳐 거츠르는 내 양심을 잠재우리,

내가 괴로운 이 세상 떠날 때까지.

JMS - 민족운동가이자 정치가였던 조만식 선생의 영문 이니셜.
김소월 시인이 수학한 오산학교 교장을 지냈다.
허주한 - 허깨비 같은, 허술하다, 무심하거나 소홀하다.
거추르는 -거칠어지는

팔벼개 노래

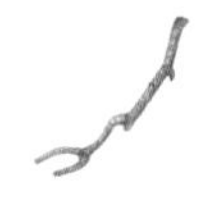

첫날에 길동무
만나기 쉬운가
가다가 만나서
길동무 되지요.

날긇다 말어라
가장家長 님만 님이랴
오다가다 만나도
정붓들면 님이지.

화문석 돗자리
놋촛대 그늘엔
칠십년 고락을
다짐둔 팔벼개.

드나는 곁방의
미닫이 소리라
우리는 하루밤
빌어얻은 팔벼개.

조선의 강산아
네가 그리 좁더냐
삼천리 서도西道를
끝까지 왔노라.

삼천리 서도를
내가 여기 왜 왔나
남포南浦의 사공님
날 실어다주었소.

긇다 -그르다
정붓들면 -정이 붙어 들면
서도 - 황해도와 평안도를 통틀어 이르는 말

집 뒷산 솔밭에
버섯 따던 동무야
어느 뉘집 가문에
시집 가서 사느냐.

영남의 진주는
자라난 내 고향
부모 없는
고향이라우.

오늘은 하루밤
단잠의 팔벼개
내일은 상사相思의
거문고 벼개라.

첫닭아 꼬꾸요
목놓지 말아라
품속에 있던 님
길차비 차릴라.

두루두루 살펴도
금강 단발령
고개길도 없는 몸
나는 어찌 하라우.

영남 진주는
자라난 내 고향
돌아갈 고향은
우리 님의 팔벼개.

산

산새도 오리나무
위에서 운다
산새는 왜 우노, 시메산골
영넘어 갈라고 그래서 울지.

눈은 나리네, 와서 덮이네.
오늘도 하룻길
칠팔십리
돌아서서 육십리는 가기도 했소.

불귀不歸, 불귀, 다시 불귀,

삼수갑산에 다시 불귀.

사나이 속이라 잊으련만,

십오년 정분을 못 잊겠네.

산에는 오는 눈, 들에는 녹는 눈.

산새도 오리나무

위에서 운다.

삼수갑산 가는 길은 고개의 길.

바라건대는 우리에게
우리의 보섭대일 땅이 있었더면

나는 꿈꾸었노라, 동무들과 내가 가즈란히
벌가의 하루 일을 다 마치고
석양에 마을로 돌아오는 꿈을,
즐거히, 꿈가운데.

그러나 집 잃은 내 몸이어,
바라건대는 우리에게 우리의 보섭대일 땅이 있었더면!
이처럼 떠돌으랴, 아침에 점을손에
새라 새로운 탄식을 얻으면서.

동이랴, 남북이랴,
내 몸은 떠가나니, 볼지어다,
희망의 반짝임은, 별빛이 아득임은.
물결뿐 떠올라라, 가슴에 팔다리에.

그러나 어쩌면 황송한 이 심정을! 날로 나날이 내 앞에는

자칫 가느른 길이 이어가라. 나는 나아가리라

한걸음, 또 한걸음, 보이는 산비탈엔

온 새벽 동무들 저저 혼자…… 산경을 김매이는.

보섭 - 보습의 지방어, 쟁기나 가래 같은 농기구의 술바닥에 끼우는 넓적한 쇳조각
점을손 - 해가 지는 무렵, 저물녘
산경 - 산에 있는 길, 산길

여수旅愁

1

유월 어스름 때의 빗줄기는

암황색의 시골屍骨을 묶어세운듯,

뜨며 흐르며 잠기는 손의 널쪽은

지향도 없어라, 단청의 홍문!

시골 - 사체의 유골, 뼈만 남은 시체

2

저 오늘도 그리운 바다,

건너다보자니 눈물겨워라!

조그마한 보드라운 그 옛적 심정의

분결같은 그대의 손의

사시나무보다도 더한 아픔이

내 몸을 에워싸고 휘떨며 찔러라,

나서 자란 고향의 해돋는 바다요.

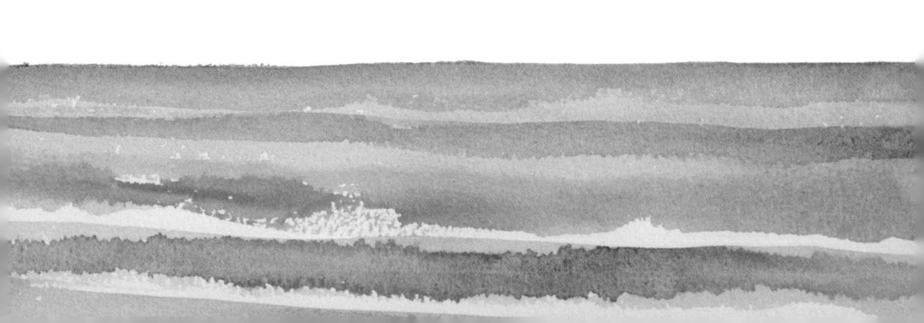

장별리 將別里

연분홍 저고리, 빨간 불붙은
평양에도 이름높은 장별리
금실 은실의 가는 비는
비스듬히도 내리네 뿌리네

털털한 배암무늬 돋은 양산에
내리는 가는 비는
위에나 아래나 나리네, 뿌리네.

흐르는 대동강 한복판에
울며 돌든 벌새의 떼무리
당신과 이별하든 한복판에
비는 쉴틈 없이 나리네, 뿌리네.

삭주구성

물로 사흘 배 사흘

먼 삼천리

더더구나 걸어넘는 먼 삼천리

삭주구성은 산을 넘은 육천리요

물맞아 함빡히 젖은 제비도

가다가 비에 걸려 오노랍니다

저녁에는 높은 산

밤에 높은 산

삭주구성은 산 넘어

먼 육천리

가끔가끔 꿈에는 사오천리

가다오다 돌아오는 길이겠지요

서로 떠난 몸이길래 몸이 그리워
님을 둔 곳이길래 곳이 그리워
못보았소 새들도 집이 그리워
남북으로 오며가며 아니합디까

들끝에 날아가는 나는 구름은
반쯤은 어디 바로 가있을텐고
삭주구성은 산 넘어
먼 육천리

닭은 꼬꾸요

닭은 꼬꾸요, 꼬꾸요 울제,
헛잡으니 두 팔은 밀려났네.
애도 타리만치 기나긴 밤은……
꿈 깨친 뒤엔 감도록 잠 아니 오네.

위에는 청초青草언덕, 곳은 깊섬,
엊저녁 대인 남포南浦뱃간.
몸을 잡고 뒤재며 누웠으면
솜솜하게도 감도록 그리워오네.

아무리 보아도
밝은 등불, 어스렷한데.
감으면 눈속엔 흰 모래밭,
모래에 어린 안개는 물 위에 슬제

대동강 뱃나루에 해 돋아오네.

솜솜하게 - 뚜렷하게

5장

나는 세상 모르고 살았노라

반달

희멀끔하여 떠돈다, 하늘 위에,
빛죽은 반달이 언제 올랐나!
바람은 나온다, 저녁은 춥구나,
흰물가엔 뚜렷이 해가 드누나.

어두컴컴한 풀 없는 들은
찬안개 위로 떠 흐른다.
아, 겨울은 깊었다 내 몸에는,
가슴이 무너져 내려앉는 이 설움아!

가는 님은 가슴의 사랑까지 없애고 가고
젊음은 늙음으로 바뀌어든다.
들가시나무의 밤드는 검은 가지
잎새들만 저녁빛에 희그무려히 꽃지듯 한다.

희그무려히 - 희고 거뭇하게, 희지만 뚜렷하지는 않게

부모

낙엽이 우수수 떨어질 때,

겨울의 기나긴 밤,

어머님하고 둘이 앉아

옛이야기 들어라.

나는 어쩌면 생겨나와

이 이야기 듣는가?

묻지도 말아라, 내일 날에

내가 부모 되어서 알아보랴?

흘러가는 물이라 맘이 물이면

옛날에 곱던 그대 나를 향하여
귀여운 그 잘못을 이르러느냐.
모두 다 지어 묻은 나의 지금은
그대를 불신만 전 다 잊었노라.
당연히 이미 잊고 바렸을러라.
그러나 그 당시에 나는 얼마나
앉았다 일어섰다 설워 울었노.
그 연갑年甲의 젊은이 길에 어려도
뜬눈으로 새벽을 잠에 달려도,

남들이 좋은 운수 가끔 볼 때도
얼없이 오다가다 멈칫 섰어도.
자애의 차부 없는 복도 빌며
덧없는 삶이라 쓴 세상이라
슬퍼도 하였지만 맘이 물이라
저절로 차츰 잊고 말았었노라.

나는 세상 모르고 살았노라

'가고 오지 못한다'는 말을
철없던 내 귀로 들었노라.
만수산萬壽山 올라서서
옛날엔 갈라선 그 내 님도
오늘날 뵈올 수 있었으면.

나는 세상 모르고 살았노라,
고락에 겨운 입술로는
같은 말도 조금 더 영리하게
말하게도 지금은 되었건만.
오히려 세상 모르고 살았으면!

'돌아서면 모심타'는 말이

그 무슨 뜻인 줄을 알았으랴.

제석산啼昔山 붙는 불은 옛날에 갈라선 그 내 님의

무덤의 풀이라도 태웠으면!

모심타 - 무심타의 작은 말

새벽

낙엽이 발이 숨는 못물가에
우뚝우뚝한 나무 그림자
물빛조차 어슴푸러히 떠오르는데,
나 혼자 섰노라, 아직도 아직도,
동녘하늘은 어두운가.
천인天人에도 사랑눈물, 구름되여,
외로운 꿈의 벼개 흐렸는가
나의 님이어, 그러나 그러나
고히도 불그스레 물질러와라
하늘 밟고 저녁에 섰는 구름.
반달은 중천에 지새일 때.

묵념

이슥한 밤, 밤 기운 서늘할제
홀로 창턱에 걸터앉아, 두 다리 느리우고,
첫 머구리 소리를 들어라.
애처롭게도, 그대는 먼저 혼자서 잠드누나.

내 몸은 생각에 잠잠할 때. 희미한 수풀로서
촌가의 액맥이 제祭 지나는 불빛은 새여오며,
이윽고, 비난수도 머구리 소리와 함께 잦아져라.
가득히 차오는 내 심령은⋯⋯ 하늘과 땅 사이에.

나는 무심히 일어걸어 그대의 잠든 몸 위에 기대여라
움직임 다시 없이, 만뢰萬籟는 구적俱寂한데,
희요熙耀히 나려비추는 별빛들이
내 몸을 이끌어라, 무한히 더 가깝게.

비난수 - 무당 등이 귀신에게 비는 것을 뜻하는 정주 지방어
만뢰 - 자연 만물이 내는 온갖 소리
구적한데 - 모두 소리 없는데
희요히 - 아주 빛나게

꿈 2

꿈? 영靈의 해적임. 설움의 고향.

울자, 내 사랑, 꽃 지고 저무는 봄.

같은 제목의 시가 『진달래꽃』에 수록되어 있다. 그중 뒤에 수록되어 편의상 꿈2로 명시한다.

나의 집

돌가에 떨어져 나가 앉은 메기슭에
넓은 바다의 물가 뒤에,
나는 지으리, 나의 집을,
다시금 큰길을 앞에다 두고.
길로 지나가는 그 사람들은
제가끔 떨어져서 혼자 가는 길.
하이얀 여울턱에 날은 저물 때.
나는 문간에 서서 기다리리
새벽새가 울며 지새는 그늘로
세상은 희게, 또는 고요하게,
번쩍이며 오는 아침부터,
지나가는 길손을 눈여겨보며,
그대인가고, 그대인가고.

엄숙

나는 혼자 뫼 위에 올랐어라.

솟아퍼지는 아침 햇볕에

풀잎도 번쩍이며

바람은 속삭여라.

그러나

아아 내 몸의 상처받은 맘이어

맘은 오히려 저푸고 아픔에 고요히 떨려라.

또 다시금 나는 이 한때에

사람에게 있는 엄숙을 모다 느끼면서

저푸고 - 두렵고 혹은 무섭고

전망

뿌옇한 하늘, 날도 채 밝지 않았는데,
흰눈이 우멍구멍 쌔운 새벽,
저 남편 물가 위에
이상한 구름은 층층대 떠올라라.

마을 아기는
무리지어 서제書齊로 올라들가고,
시집살이하는 젊은이들은
가끔가끔 우물길 나들어라.

소색蕭索한 난간 위를 거닐으며
내가 볼때 온 아침, 내 가슴의,
좁혀 옮긴 그림장이 한 옆을,
한갓 더운 눈물로 어룽지게.

어깨 위에 총 메인 산양바치

반백의 머리털에 바람 불며

한번 달음박질. 올 길 다왔어라.

흰눈이 만산편야滿山遍野에 쌔운 아침.

우멍구멍 쌔운 - 우므러지기도 하고, 두드러지기도 하여
평탄하지 못한 면에 쌓인
소색한 - 쓸쓸하고 인기척이 없는
산양바치 - 사냥꾼
만산편야 - 바라보이는 산과 들 모두

금잔디

잔디,

잔디,

금잔디,

심심산천에 붙는 불은

가신 님 무덤가의 금잔디.

봄이 왔네, 봄빛이 왔네.

버드나무 끝에도 실가지에.

봄빛이 왔네, 봄날이 왔네,

심심산천에도 금잔디에.

수아 樹芽

쉽다 해도

웬만한,

봄이 아니어,

나무도 가지마다 눈을 틔웠어라!

수아 - 나뭇가지에 싹이 튼 눈이나 잎새

건강한 잠

상냥한 태양이 씻은 듯한 얼굴로
산속의 고요한 거리 위를 쓴다.
봄 아침 자리에서 갓 일어난 몸에
홑것을 걸치고 들에 나가 거닐면
산뜻이 살에 숨는 바람이 좋기도 하다.

뾰죽뾰죽한 풀엄을

밟는가봐 저어

발도 사분히 가려놓을 때

과거의 십년 기억은 머리 속에 선명하고 오늘날의 보람 많은 계획이 확실히 선다.

마음과 몸이 아울러 유쾌한 간밤의 잠이어.

귀뚜라미

산바람 소리.

찬비 떨어지는 소리.

그대가 세상 고락苦樂 말하는 날 밤에,

순막집 불도 지고 귀뚜라미 울어라.

고락

무거운 짐지고서 닫는 사람은
기구한 발뿌리만 보지 말고서
때로는 고개 들어 사방산천의
시원한 세상풍경 바라보시오

먹이의 달고씀은 입에 딸리고
영욕의 고와 낙도 맘에 달렸소
보시오 해가 져도 달이 뜬다오
그믐밤 날 궂거든 쉬어가시오

무거운 짐지고서 닫는 사람은
숨차다 고갯길을 탄치 말고서
때로는 맘을 눅여 탄탄대로의
이제도 있을 것을 생각하시오

편안이 괴로움의 씨도 되고요
쓰림은 즐거움의 씨가 됩니다
보시오 화전망정 갈고 심으면
가을에 황금이삭 수북 달리오

칼날 위에 춤추는 인생이라고
물속에 몸을 던진 몹쓸 계집애
어쩌면 그럴듯도 하긴 하지만
그렇지 않은 줄은 왜 몰랐던고.

칼날 위에 춤추는 인생이라고
자기가 칼날 위에 춤을 춘게지
그 누가 미친 춤을 추라 했나요
얼마나 비꼬이운 계집애든가.

야말로 제 고생을 제가 사서는
잡을 데 다시 없어 엄남기지요
무거운 짐 지고서 닫는 사람은
길가의 청풀밭에 쉬어가시오

무거운짐 지고서 닫는 사람은
기구한 발뿌리만 보지 말고서
때로는 춘하추동 사방산천의
뒤바뀌는 세상도 바라보시오

무겁다 이 짐일랑 벗을겐가요
괴롭다 이 길일랑 아니 걷겠나
무거운 짐 지고서 닫는 사람은
보시오 시내 위의 물 한 방울을

한 방울 물이라도 모여 흐르면
흘러가서 바다의 물결 됩니다
하늘로 올라가서 구름 됩니다
다시금 땅에 내려 비가 됩니다

비 되어 나린 물이 모둥켜지면
산간에 폭포 되어 수력전기요
들에선 관개 되어 만종석萬鍾石이오
메말라 타는 땅엔 기름입니다

어여쁜 꽃 한 가지 이울어 갈 제
밤에 찬이슬 되어 축여도 주고
외로운 어느 길손 창자 조릴제
길가의 찬 샘 되어 눅궈도주오.

시내의 여지없는 물 한방울도
흐르는 그만 뜻이 이러하거든
어느 인생 하나이 저만 저라고
기구하다 이 길을 타발캤나요.

이 짐이 무거움에 뜻이 있고요
이 짐이 괴로움에 뜻이 있다오
무거운 짐 지고서 닫는 사람이
이 세상 사람다운 사람이라오.

희망

날은 저물고 눈이 나려라
낮설은 물가로 내가 왔을 때.
산속의 올빼미 울고울며
떨어진 잎들은 눈 아래로 깔려라

아아 숙살肅殺스러운 풍경이어
지혜의 눈물을 내가 얻을 때!
이제금 알기는 알았건마는!

이 세상 모든 것을

한갓 아름다운 눈얼님의

그림자뿐인 줄을.

이우러 향기 깊은 가을밤에

우무주러진 나무 그림자

바람과 비가 우는 낙엽 위에.

숙살스러운 - 찬 기운이 풀이나 나무에 스쳐 쓸쓸한
눈얼님 - 눈으로 보기에만 그럴 듯한
이우러 - 꽃이나 잎이 시들어
우무주러진 - 우므러지고 줄어든

사노라면 사람은 죽는 것을

하루라도 몇번씩 내 생각은
내가 무엇하라고 살라는지?
모르고 살았노라, 그럴 말로
그러나 흐르는 저 냇물이
흘러가서 바다로 든댈진댄.
일로 쫓아 그러면, 이 내 몸은
애쓴다고는 말부터 잊으리라.
사노라면 사람은 죽는 것을
그러나, 다시 내 몸,
봄빛의 불붙는 사태흙에
집짓는 저 개아미
나도 살려하노라, 그와 같이

든댈진댄 - 들진대를 뜻하는 평안도 지방어

사는 날 그날까지

삶에 즐거워서,

사는 것이 사람의 본뜻이면

오오 그러면 내 몸에는

다시는 애쓸 일도 더 없어라

사노라면 사람은 죽는 것을.

꿈길

물구슬의 봄 새벽 아득한 길
하늘이며 들 사이에 넓은 숲
젖은 향기 불긋한 잎 위의 길
실 그물의 바람비처 젖은 숲
나는 걸어가노라 이러한 길
밤 저녁의 그늘진 그대의 꿈
흔들리는 다리 위 무지개 길
바람조차 가을 봄 거치는 꿈.

추회

나쁜 일까지라도 생의 노력,

그 사람은 선사善事도 하였어라

그러나 그것도 허사虛事라고!

나 역시 알지마는, 우리들은

끝끝내 고개를 넘고넘어

짐 싣고 닫던 말도 순막집의

허청虛廳가, 석양 손에

고요히 조으는 한때는 다 있나니,

고요히 조으는 한때는 다 있나니.

순막집 - 길손이 쉬어가는 주막
허청 - 횅하게 빈집

길

어제도 하룻밤
나그네 집에
까마귀 가왁가왁 울며 새었소.

오늘은
또 몇십리
어디로 갈까.

산으로 올라갈까
들로 갈까
오라는 곳이 없어 나는 못 가오.

말 마소 내 집도
정주곽산定州郭山
차 가고 배 가는 곳이라오.

여보소 공중에

저 기러기

공중엔 길 있어서 잘가는가?

여보소 공중에

저 기러기

열십자十字 복판에 내가 섰소.

갈래갈래 갈린 길

길이라도

내게 바이 갈 길은 하나 없소.

정주곽산 - 김소월 시인의 고향
바이 - 아주 전혀

시혼 詩魂

1

적어도 평범한 가운데서는 물物의 정체를 보지 못하며, 습관적 행위에서는 진리를 보다 더 발견할 수 없는 것이 가장 어질다고 하는 우리 사람의 일입니다.

그러나 여보십시오. 무엇보다도 밤에 깨여서 하늘을 우러러 보십시오. 우리는 낮에 보지 못하던 아름다움을, 그곳에서, 볼 수도 있고 느낄 수도 있습니다. 파릇한 별들은 오히려 깨어 있어서 애처롭게도 기운 있게도 몸을 떨며 영원을 속삭입니다. 어떤 때는, 새벽에 저가는 오묘한 달빛이, 애틋한 한 조각, 숭엄한 채운彩雲의 다정한 치맛귀를 빌려, 그의 가련한 한두 줄기 눈물을 문지르기도 합니다. 여보십시오, 여러분. 이런 것들은 적은 일이나마, 우리가 대낮에는 보지도 못하고 느끼지도 못하던 것들입니다.

다시 한번, 도회의 밝음과 지껄임이 그의 문명으로써 광휘光輝와 세력을 다투며 자랑할 때에도, 저, 깊고 어두운 산과 숲의 그늘진 곳에서는 외로운 버러지 한 마리가, 그 무슨 슬픔에 겨웠는지, 쉬임 없이 울지고[1] 있습니다. 여러분. 그 버러지 한 마리가 오히려 더 많이 우리 사람의 정조情操답지 않으며, 난들[2]에 말라 벌바람[3]에 여위는 갈대 하나가 오히려 아직도 더 가까운, 우리 사람의 무상無常과 변전變轉을 서러워하여 주는 살뜰한 노래의 동무가 아니며, 저 넓고 아득한 난바다[4]의 뛰노는 물결들이 오히려 더 좋은, 우리 사람의 자유를 사랑 한다는 계시가 아닙니까. 그렇습니다. 잃어버린 고인故人은 꿈에서 만나

1 울어 눈물지고, 쉼 없이 울고
2 마을에서 멀리 떨어진 넓은 들
3 벌판에서 부는 바람
4 뭍에서 멀리 떨어진 넓은 바다

고, 높고 맑은 행적의 거룩한 첫 한 방울의 기도企圖의 이슬도 이른 아침 잠자리 위에서 듣습니다.

우리는 적막한 가운데서 더욱 사무쳐 오는 환희를 경험하는 것이며, 고독의 안에서 더욱 보드라운 동정同情을 알 수 있는 것이며, 다시 한번, 슬픔 가운데서야 보다 더 거룩한 선행을 느낄 수도 있는 것이며, 어두움의 거울에 비치어 와서야 비로소 우리에게 보이며, 삶을 좀 더 멀리한 죽음에 가까운 산마루에 서서야 비로소 삶의 아름다운 빨래한 옷이 생명의 봄두던에 나부끼는 것을 볼 수도 있습니다. 그렇습니다. 곧 이것입니다.

우리는 우리의 몸이나 맘으로는 일상에 보지도 못하며 느끼지도 못하던 것을, 또는 그들로는 볼 수도 없으며 느낄 수도 없는 밝음을 지워버린 어두움의 골방에서며, 삶에서는 좀 더 돌아앉은 죽음의 새벽빛을 받는 바라지 위에서야, 비로소 보기도 하며 느끼기도 한다는 말입니다. 그렇습니다, 분명합니다.

우리에게는 우리의 몸보다도 맘보다도 더욱 우리에게 각자의 그림자같이 가깝고 각자에게 있는 그림자같이 반듯한 각자의 영혼이 있습니다. 가장 높이 느낄 수도 있고 가장 높이 깨달을 수도 있는 힘, 또는 가장 강하게 진동이 맑지게 울리어오는, 반향反響과 공명共鳴을 항상 잊어 버리지 않는 악기樂器, 이는 곧, 모든 물건이 가장 가까이 비치어 들어옴을 받는 거울, 그것들이 모두 다 우리 각자의 영혼의 표상이라면 표상일 것입니다.

2

그러한 우리의 영혼이 우리의 가장 이상적 미의 옷을 입고, 완전한 음률音律의 발걸음으로 미묘한 절조節操의 풍경 많은 길 위를, 정조情調의 불붙는 산마루로 향하여, 혹은 말의 아름다운 샘물에 심상心想의 작은 배를 젓기도 하며, 이끼 돋은 관습 기험崎驗한 돌무더기 사이로 추억의 수레를 몰기도 하여, 혹은 동구洞口 양류陽柳에 춘광春光은 아리땁고 십이곡방十李曲坊에 풍류는 번화하면 풍표만점風飄萬點이 산란한 벽도화碧桃花 꽃잎만 저흩는 우물 속에 즉흥의 두레박을 드놓기도 할 때에는, 이 곧, 이른바 시혼詩魂으로 그 순간에 우리에게 현현顯現되는 것입니다.

그러한 우리의 시혼은 물론 경우에 따라 대소심천大小

深淺을 자재변환自在變換하는 것도 아닌 동시에, 시간과 공간을 초월한 존재입니다.

어디까지 불완전한 대로 사람의 있는 말의 정精을 다하여 할진대는, 영혼은 산과 유사하다면 할 수도 있습니다. 가람과 유사하다면 할 수 있습니다. 초하루 보름 그믐 하늘에 떠오르는 달과도 유사하다면, 별과도 유사하다면, 더욱 유사할 것입니다. 그러나 산보다도 가람보다도, 달 또는 별보다도, 다시금 그들은 어떤 때에는 반드시 한 번은 없어도 질 것이며 지금도 역시 시시각각으로 적어도 변환되려고 하며 있지마는, 영혼은 절대로 완전한 영원의 존재며 불변의 성형입니다. 예술로 표현된 영혼은 그 자신의 예술에서, 사업과 행적으로 표현된 영혼은 그 자신의 사업과 행적에서, 그의 첫 형체대로 끝까지 남아 있을 것입니다.

따라서 시혼도 산과도 같으며 가람과도 같으며, 달 또는 별과도 같다고 할 수는 있으나, 시혼 역시 본체本體는 영혼 그것이기 때문에, 그들보다도 오히려 그는 영원의 존재며 불변의 성형일 것은 물론입니다.

그러면 시 작품에는, 그 우열 또는 이동에 따라, 같은 한 사람의 시혼일지라도 혹은 변환한 것 같이 보일는지도 모르지마는 그것은 결코 그렇지 못할 것이, 적어도 같은 한 사람의 시혼은 시혼 자신이 변하는 것은 아닙니다. 그것은 바로 산과 물과, 혹은 달과 별이 편각片刻[5]에 그 형체가 변하지 않음과 마치 한가지입니다.

그러나 작품에는, 그 시상詩想의 범위, 리듬의 변화, 또는 그 정조의 명암에 따라, 비록 같은 한 사람의 시작詩作이라고는 할지라도, 물론 이동은 생기며, 또는 읽는 사람에게는 시작 각개의 인상을 주기도 하며, 시작 자신도 역시 어디까지든지 엄연한 각개로 존립될 것입니다, 그것은 마치 산색과 수면과, 월광성휘月光星輝가 모두 다 어떤 한 때의 음영에 따라, 그 형상을, 보는 사람에게는 달리 보이도록 함과 같습니다. 물론 그 한때 한때의 광경만은 역시 혼동할 수 없는 각개의 광경으로 존립하는 것도, 시작의 그것과 바로 같습니다.

그렇다고, 산색 또는 수면, 혹은 월광성휘가 한때의 음영에 따라, 때때로, 그것을 완상翫賞하는[6] 사람의 눈에 달리 보인다고, 그 산수성월山水星月은 산수성월 자신의 형

5 삽시간
6 감상하는

체가 변환된 것이라고는 결코 할 수 없는 것입니다.

시작에도 역시 시혼 자신의 변환으로 말미암아 시작에 이동이 생기며 우열이 나타나는 것이 아니라, 그 시대며 그 사회와 또는 당시 정경情境의 여하에 의하여 작자의 심령心靈 상에 무시無時로 나타나는 음영의 현상이 변환되는 데 지나지 못하는 것입니다.

겨울에 눈이 왔다고 산 자신이 희어졌다는 사람이야 어디 있겠으며, 초생이라고 초생달은 달 자신이 구상이라는 사람이야 어디 있겠으며, 구름이 덮인다고 별 자신이 없어지고 말았다는 사람이야 어디 있겠으며, 모래바닥 강물에 달빛이 비친다고 혹은 햇볕이 그늘진다고 그 강江물이 '얕아졌다' 혹은 '깊어졌다'고 할 사람이야 어디 있겠습니까.

3

여러분. 늦은 봄 삼월 밤, 들에는 물 기운 피어오르고, 동산의 잔디밭에 물구슬 맺힐 때, 실실히 늘어진 버드나무

엷은 잎새 속에서, 옥반玉盤에 금주金珠를 굴리는 듯, 높게, 낮게, 또는 번그러히, 또는 삼가는 듯이, 울지는 꾀꼬리 소리를, 소반같이 둥근 달이 등잔같이 밝게 비추는 가운데 망연히 서서, 귀를 기울인 적이 없으십니까. 사방을 두루 살펴도 그 때에는 그늘진 곳조차 어슴푸레하게, 그러나 곳곳이 이상히도 빛나는 밝음이 살아있는 것 같으며, 청랑한 꾀꼬리 소리에, 호젓한 달빛 아닌 것이 없습니다.

그러나 여보십시오, 그곳에 음영이 없다고 하십니까. 아닙니다 아닙니다, 호젓이 비치는 달밤의 달빛 아래에는 역시 그에뿐 고유한 음영이 있는 것입니다. 지나支那 당대唐代의 소자담蘇子膽의 구句에 '적수공명積水空明'이라는 말이 있습니다. 이것이 곧 이러한 밤, 이러한 광경의 음영을 떠내인 것입니다. 달밤에는, 달밤에뿐 고유한 음영이 있고, 청려한 꾀꼬리의 노래에는, 역시 그에뿐 상당한 음영이 있는 것입니다.

음영 없는 물체가 어디 있겠습니까. 나는 존재에는 반드시 음영이 따른다고 합니다. 다만 같은 물체일지라도 공간과 시간의 여하에 의하여, 그 음영에 광도의 강약만은 있을 것입니다. 곧, 음영에 그 심천深淺은 있을지라도, 음영이 없기도 하다고는 할 수 없는 것입니다. 영시인, 아

더 시몬느[7]의

"Night, and the silence of the night;

In the Venice far away a song;

As if the lyrics water made

Itself a serenade;

As if the waters silence were a song,

Sent up in to the night,

Night a more perfect day,

A day of shadows luminious,

Water and sky at one, at one with Us;

As if the very peace of night,

The older peace than heaven or light,

Came down into the day,"

밤 그리고 밤의 고요함

7 아서 시먼스

베니스에는 저 멀리의 노래
노랫말 같은 물이
스스로 세레나데가 되고,
물의 고요함이 노래인 것처럼
밤으로 보내지면

밤은 완벽한 낮이 된다
그림자에 눈부시게 빛나는 낮
물과 하늘은 하나로 되어 우리와 함께한다
마치 밤의 평화처럼
천국이나 빛보다 오래된 평화가
낮으로 오는 것처럼

라는 시도 역시 이러한 밤의, 이러한 광경의 음영을 보인 것입니다.

그러면 시혼은 본래가 영혼 그것인 동시에 자체의 변환은 절대로 없는 것이며, 같은 한 사람의 시혼에서 창조되어 나오는 시작에 우열이 있어도 그 우열은, 시혼 자체에 있는 것이 아니요, 그 음영의 변환에 있는 것이며, 또는 그 음영을 보는 완상자翫賞者 각자의 정당한 심미적 안목에서 판별되는 것이라고 합니다.

동탁독산童濯禿山의 음영은 낙락장송落落長松이 가지 뻗어뜨러지고 청계수淸溪水 맑은 물이 구비져 흐르는 울울창창鬱鬱蒼蒼한 산의 음영보다 미적 가치에 편할 것이며, 또는 개이지도 않으며는, 비도 내리지 아니하는 흐릿하고 답답한 날의 음영은 뇌성전광雷聲電光이 금시에 번갈아 일으며 대줄기 같은 빗발이 붓듯이 내려 쏟히는 취우驟雨의 여름날의 음영보다 우리에게 쾌감이 적을 것이며, 따라서 삶에 대한 미적 가치도 적은 날일 것입니다.

그러면 시작의 가치 여하는 적어도 시작에 나타난 음영의 가치 여하일 것입니다. 그러나 그 음영의 가치 여하를 식별하기는, 곧, 시작을 비평하기는 지난의 일인 줄로 생각합니다. 나의 애모하는 사장師匠, 김억金億 씨가 졸작 〈님의 노래〉

그리운 우리 님의 맑은 노래는
언제나 제 가슴에 젖어있어요

긴 날을 문밖에서 서서 들어도
그리운 우리 님의 고운 노래는

해지고 저무도록 귀에 들려요

밤들고 잠드도록 귀에 들려요

고히도 흔들리는 노래가락에

내 잠은 그만이나 깊이 들어요

고적한 잠자리에 홀로 누워도

내 잠은 포스근히 깊이 들어요

그러다 자다깨면 님의 노래는

하나도 남김 없이 잃어버려요

들으면 듣는대로 님의 노래는

하나도 남김 없이 잊고 말아요

를 평하심에, "너무도 맑아, 밑까지 들여다보이는 강물과 같은 시詩다. 그 시혼詩魂 자체가 너무 얕다"고 하시고, 다시 졸작.

자나깨나 앉으나서나

그림자같은 벗 하나이 내게 있었습니다.

그러나, 우리는 얼마나 많은 세월을
쓸데없는 괴로움으로만 보내였겠습니까!

오늘은 또다시, 당신의 가슴속, 속 모를 곳을
울면서 나는 휘저어버리고 떠납니다그려.

허수한 맘, 둘 곳 없는 심사心事에 쓰라린 가슴은
그것이 사랑, 사랑이던 줄이 아니도 잊힙니다.

를 평하심에, "시혼詩魂과 시상詩想과 리듬이 보조를 가즉히[8] 하여 걸어 나아가는 아름다운 시다"고 하셨다. 여기에 대하야, 나는 첫째로 같은 한 사람의 시혼 자체가 같은 한 사람의 시작에서 금시에 얕아졌다 깊어졌다 할 수 없다는 것과, 또는 시작마다 새로이 별다른 시혼이 생기는 것이 아니라는 것을, 좀 더 분명히 하기 위하야, 누구의 것보다도 자신이 제일 잘 알 수 있는 자기의 시작에 대한, 김억씨의 비평 일절을 일 년 세월이 지난 지금에

8 가지런히

비로소, 다시 끌어내어다 쓰는 것이며, 둘째로는 두 개의 졸작이 모두 다, 그에 나타난 음영의 점에 있었어도, 역시 각개 특유의 미를 가지고 있다고 하려 함입니다.

여러분. 위에도 썼거니와, 달밤의 꾀꼬리 소리에도 물소리에도 한결같이 그에 특유한 음영은 대낮의 밝음보다도 야반의 어두움보다도 더한 밝음 또는 어두움으로 또는 어스름으로 빛나고 있습니다.

여러분. 가을의 새어가는 새벽, 별빛도 희미하고, 헐벗은 나무 찬비에 처진 가지조차 어슴푸레한데, 길 넘는 풀숲에서, 가늘게 들려와서는 사람의 구슬픈 심사心事를 자아내기도 하고 외롭게 또는 하염없이 흐느껴 숨어서는 이름조차 잊어버린 눈물이 수신절부守臣節婦의 열두 마디 간장을 끊어 도지게 하는, 실솔[9]의 울음을 들어보신 적은 없습니까. 물론 그곳에 나타난 음영이 봄날의 청명한 달밤의 그것보다도 물소리 또는 꾀꼬리 소리의 그것들보다도 더 짙고 완연한, 얼른 보아도 알아볼 수 있는 것인 것만은 사실입니다.

9 귀뚜라미

그러나 나는 봄의 달밤에 듣는 꾀꼬리의 노래 또는 물 노래에서나, 가을의 서리 찬새벽 울지는 실솔의 울음에서나, 비록 완상하는 사람에조차 그 소호는 다를런지 몰라, 모다 그의 특유한 음영의 미적 가치에 있어서는 결코 우열이 없다고 합니다.

그러면 여러분. 다시 한번, 시혼은 직접 시작에 이식되는 것이 아니라. 그 음영으로써 현현된다는 것과, 또는 현현된 음영의 가치에 대한 우열은, 적어도 기 현현된 정도 급 태도 여하와 형상 여하에 따라 창조되는 각자 특유한 미적 가치에 의하야 판정할 것임을 말하고, 이제는, 이 부끄러울 만큼이나 조그만 논문論文은 이로써 끝을 짓기로 합니다.

-「개벽開闢」 1925년 5월호號

김소월 시집 진달래꽃

1판 1쇄 발행 2020년 3월 15일
1판 8쇄 발행 2024년 4월 5일

지은이 김소월

발행인 양원석 편집장 정효진
영업마케팅 윤우성, 박소정, 이현주

펴낸 곳 ㈜알에이치코리아
주소 서울시 금천구 가산디지털2로 53, 20층(가산동, 한라시그마밸리)
편집문의 02-6443-8847 도서문의 02-6443-8800
홈페이지 http://rhk.co.kr
등록 2004년 1월 15일 제2-3726호

ISBN 978-89-255-6873-7 03810